U0031568

公主出任務9
THE *Princess* IN BLACK 美人魚公主

文／珊寧・海爾 & 迪恩・海爾
Shannon Hale & Dean Hale

圖／范雷韻 LeUyen Pham

譯／黃聿君

獻給摯愛的祖父布西，
他打從骨子裡熱愛深海探險。
　　　—— 珊寧・海爾 & 迪恩・海爾

獻給人魚公主英迪拉。
　　　—— 范雷韻

人物介紹

木ㄇㄨˋ蘭ㄌㄢˊ花ㄏㄨㄚ公ㄍㄨㄥ主ㄓㄨˇ　　　　　黑ㄏㄟ衣一公ㄍㄨㄥ主ㄓㄨˇ

小ㄒㄧㄠˇ舞ㄨˇ　　　花ㄏㄨㄚ兒ㄦˊ公ㄍㄨㄥ主ㄓㄨˇ　　　葛ㄍㄜˊ夫ㄈㄨ

山ㄕㄢ羊ㄧㄤˊ復ㄈㄨˋ仇ㄔㄡˊ者ㄓㄜˇ　　毯ㄊㄢˇ子ㄗ公ㄍㄨㄥ主ㄓㄨˇ　　大ㄉㄚˋ藍ㄌㄢˊ海ㄏㄞˇ怪ㄍㄨㄞˋ

第 一 章
乘船出海

　　黑衣公主乘著活力大頭菜號出航。陽光灑在海浪上，閃閃發光。微微的海風吹來，鹹鹹涼涼的。黑衣公主今天和兩位要好的英雄朋友相約出海玩耍。一定會是精采有趣的一天。

「噴嚏草公主人真好，願意把皇室的船借給我們。」黑衣公主說。

「嗯，她希望我們開活力大頭菜號出海，看看有沒有怪獸。」毯子公主說。

「怪獸？」山羊復仇者站了起來：「海裡也有怪獸嗎？」

毯子公主瞇起眼睛，迎著海風悄聲說：「當然有，至少有一隻……」

3

黑衣公主說：「沒錯，我就跟一隻大海怪在海灘大戰過。」

　　「那隻海怪超大的，根本是巨無霸海怪！」毯子公主聳聳肩說：「呃，我是從噴嚏草公主那邊聽來的啦。」

要是有海怪出現，當然會讓今天增色不少。可是黑衣公主渴望見到的不是海怪，而是人魚。大家都說世界上沒有人魚，可是黑衣公主希望有。她相信真的有人魚。

船身周圍的海面上咕嘟咕嘟響，海水嘩啦啦的打向船身。突然間，有東西從波浪間一躍而出。

　　「有怪獸！」毯子公主尖叫。

「哇！是人魚！」黑衣公主大喊。

「是山羊！」山羊復仇者大叫：「等等，應該不是山羊。抱歉啦。」

不知名的東西游走了。黑衣公主沒看清楚那究竟是什麼，不過她希望……

「快追上去！」黑衣公主大喊。

黑衣公主和毯子公主扯開船帆，山羊復仇者負責掌舵。

他們乘著浪花，繞過礁石，追著那個不知名的東西，還和一隻懶洋洋的章魚擦身而過……

最後，終於追上了。那個不知名的東西停在一座小島上。

　　「絕對不是山羊。」山羊復仇者說。

　　「也不是怪獸。」毯子公主說。

　　「哇啊啊啊啊！」黑衣公主興奮得尖叫。

　　那是人魚。

　　一位人魚公主！

第 二 章
人魚公主登場

　　黑衣公主還在「啊啊啊」的尖叫個不停，外加興奮得跳來跳去，臉也快笑僵了，她完全控制不了自己。

　　人魚公主。

　　活生生的人魚公主！

　　「嗨。」人魚公主說。

12

「她_{ㄊㄚ}說_{ㄕㄨㄛ}『嗨_{ㄏㄞ}』！」黑_{ㄏㄟ}衣-公_{ㄍㄨㄥ}主_{ㄓㄨ}手_{ㄕㄡ}舞_ㄨ足_{ㄗㄨ}蹈_{ㄉㄠ}的_{ㄉㄜ}說_{ㄕㄨㄛ}。

「哈_{ㄏㄚ}囉_{ㄌㄡ}，絕_{ㄐㄩㄝ}對_{ㄉㄨㄟ}不_{ㄅㄨ}是_ㄕ怪_{ㄍㄨㄞ}獸_{ㄕㄡ}的_{ㄉㄜ}人_{ㄖㄣ}魚_ㄩ公_{ㄍㄨㄥ}主_{ㄓㄨ}你_{ㄋㄧ}好_{ㄏㄠ}。我_{ㄨㄛ}是_ㄕ毯_{ㄊㄢ}子_ㄗ公_{ㄍㄨㄥ}主_{ㄓㄨ}，這_{ㄓㄜ}兩_{ㄌㄧㄤ}位_{ㄨㄟ}是_ㄕ我_{ㄨㄛ}的_{ㄉㄜ}朋_{ㄆㄥ}友_{ㄧㄡ}——黑_{ㄏㄟ}衣-公_{ㄍㄨㄥ}主_{ㄓㄨ}……」

「嗨！」黑衣公主猛揮雙手打招呼。

「……還有山羊復仇者。」

15

「我叫花兒公主。」人魚公主說。她的臉上帶著笑容，可是眼神卻很悲傷。黑衣公主倒吸了一口氣。

「噢，你怎麼了？我們能幫上忙嗎？」

花兒公主伸出小指，輕拍螃蟹的小腦袋。

　　「要是有人能幫忙就好了。我就要把公主最重要的任務給搞砸了。」

　　「公主最重要的任務是什麼？」山羊復仇者問。

「保衛王國。」三位公主異口同聲回答。

「喔。」山羊復仇者說。

「海咩咩草原上有一條大裂縫，直通海怪國。」花兒公主說。

「啊？」山羊復仇者說。

「我大概能猜到海怪是什麼東西，但是海咩咩是什麼啊？」黑衣公主說。

「是海山羊。」花兒公主說：「牠們可愛到不行。」

山羊復仇者驚訝得瞪大雙眼說：「海山羊？」

18

「要是海怪從裂縫裡爬出來怎麼辦？」花兒公主說：「海怪會把可愛的海山羊吃掉，我不知道要怎麼阻止牠們。」

「花兒公主，我們或許能幫上忙。」毯子公主說。

一樣？

一樣？

？？？

「對、對、對！」黑衣公主還在跳來跳去：「畢竟我們保護山羊的經驗很豐富，我是說陸地上的山羊。」

花兒公主抬頭看看他們，眼睛睜得好大。「等一下……你們戴面罩，還穿了披風。你們是英雄！」

　　「沒錯。」山羊復仇者雙手插腰說。

　　「真是好心的英雄。」花兒公主說：「可以的話，你們願意不願意來我的王國……」

　　「沒問題！」黑衣公主大喊：「抱歉打斷你的話，不過沒問題，我們非常樂意跟你去人魚王國。」

第 三 章
海底世界

　　活力大頭菜號上有全套潛水裝備，包括潛水專用透明頭盔。三位英雄穿戴好裝備，潛入海裡。

　　黑衣公主看著波浪下湛藍的海底世界，驚呼連連。

她跟著人魚公主一起游，穿過一座又一座海藻森林，繞過一隻懶洋洋的八爪章魚，碰見一隻神情傲嬌的海蝸牛，最後抵達人魚王國。黑衣公主一路尖叫個不停，潛水頭盔內側都起霧了。

「哈囉。」花兒公主跟每一條游經身邊的魚打招呼。魚兒聽她的話，跟著她游。於是花兒公主身後，跟了一大群鱗光閃閃的魚朋友。

點心舖

「這些是海牛。」花兒公主說。

「哇！我們陸地上也有牛。」黑衣公主說。

「這個是我參加科學展的作品，海底火山。」

「我們陸上也有科學展！」黑衣公主說。

「真的嗎？這是我忠心的獨角鯨夥伴，她叫小舞。」

黑ㄏㄟ衣一公ㄍㄨㄥ主ㄓㄨ興ㄒㄧㄥ奮ㄈㄣ得ㄉㄜ轉ㄓㄨㄢ圈ㄑㄩㄢ圈ㄑㄩㄢ。獨ㄉㄨ角ㄐㄩㄝ鯨ㄐㄧㄥ！名ㄇㄧㄥ叫ㄐㄧㄠ小ㄒㄧㄠ舞ㄨ！「我ㄨㄛ有ㄧㄡ一一隻ㄓ獨ㄉㄨ角ㄐㄩㄝ獸ㄕㄡ，她ㄊㄚ叫ㄐㄧㄠ酷ㄎㄨ麻ㄇㄚ花ㄏㄨㄚ！」

　　「真ㄓㄣ的ㄉㄜ有ㄧㄡ獨ㄉㄨ角ㄐㄩㄝ獸ㄕㄡ？」花ㄏㄨㄚ兒ㄦ公ㄍㄨㄥ主ㄓㄨ說ㄕㄨㄛ：「我ㄨㄛ還ㄏㄞ以ㄧ為ㄨㄟ這ㄓㄜ個ㄍㄜ世ㄕ界ㄐㄧㄝ上ㄕㄤ沒ㄇㄟ有ㄧㄡ獨ㄉㄨ角ㄐㄩㄝ獸ㄕㄡ！不ㄅㄨ過ㄍㄨㄛ，我ㄨㄛ總ㄗㄨㄥ是ㄕ希ㄒㄧ望ㄨㄤ真ㄓㄣ的ㄉㄜ有ㄧㄡ……」

一行人游到珊瑚城堡。一條人魚在城堡前等待著。

　　「那位是花枝公爵夫人。」花兒公主哀傷的說。

　　「花兒公主。」花枝公爵夫人說：「我正要把我收藏的三叉戟擺進城堡塔頂的房間。」

　　等花枝公爵夫人離開，花兒公主低聲說：「可是那是我的房間啊。」

　　「這樣不太好呢。」黑衣公主說。

　　「是不好。」花兒公主說：「可是……」

　　一條焦急的人魚打斷花兒公主的話。

「花兒公主！竟然有人魚把海綿拿去洗碗盤！」

「有什麼問題嗎？」毯子公主問。

「海綿會不開心。」花兒公主回答。

「我們該怎麼辦？」焦急的人魚問。

「現在還不知道，我得仔細想想。」花兒公主說。

「哇，當公主還真辛苦。」山羊復仇者說。

「沒錯。」三位公主齊聲說。

花兒公主嘆了一口氣。「治理人魚王國，佔掉了我所有的時間。我好希望能多點時間玩耍，在海藻森林盪鞦韆，騎小舞四處游，還有烤蛋糕。可是要解決的問題一大堆，像是花枝公爵夫人搶佔房間，還有剛剛的海綿問題。」

36

「你試過大聲說出自己的想法嗎？」毯子公主問。

「不算有。」花兒公主說：「我是公主，公主應該要和善親切。」

花兒公主拿出隨身攜帶的提醒小紙條給大家看。

和善親切守則

1. 跟孤單的動物聊天。

2. 不可以取笑他人。

3. 保護朋友，不讓他們被吃掉。

「很ㄏㄣˇ棒ㄅㄤˋ的ㄉㄜ守ㄕㄡˇ則ㄗㄜˊ！」毯ㄊㄢˇ子ㄗ公ㄍㄨㄥ主ㄓㄨˇ
說ㄕㄨㄛ：「我ㄨㄛˇ這ㄓㄜˋ邊ㄅㄧㄢ也ㄧㄝˇ有ㄧㄡˇ。」

公主守則

1. 有話大聲說出來！

「其ㄑㄧˊ實ㄕˊ後ㄏㄡˋ面ㄇㄧㄢˋ還ㄏㄞˊ有ㄧㄡˇ很ㄏㄣˇ多ㄉㄨㄛ項ㄒㄧㄤˋ。」
毯ㄊㄢˇ子ㄗ公ㄍㄨㄥ主ㄓㄨˇ說ㄕㄨㄛ：「可ㄎㄜˇ是ㄕˋ第ㄉㄧˋ一ㄧ項ㄒㄧㄤˋ寫ㄒㄧㄝˇ
得ㄉㄜ好ㄏㄠˇ大ㄉㄚˋ，後ㄏㄡˋ面ㄇㄧㄢˋ的ㄉㄜ就ㄐㄧㄡˋ寫ㄒㄧㄝˇ不ㄅㄨˋ下ㄒㄧㄚˋ
了ㄌㄜ。」

第 四 章
海咩咩草原

　　花兒公主帶英雄們到海咩咩草原。認識新朋友的興奮感退去，緊張不安的感覺回來了。要是英雄終究幫不上忙呢？要是她沒辦法保衛人魚王國呢？

草ㄘㄠ原ㄩㄢ上ㄕㄤ一一片ㄆㄧㄢ祥ㄒㄧㄤ和ㄏㄜ，海ㄏㄞ山ㄕㄢ羊ㄧㄤ正ㄓㄥ開ㄎㄞ心ㄒㄧㄣ的ㄉㄜ嚼ㄐㄧㄠ著ㄓㄜ海ㄏㄞ草ㄘㄠ。牠ㄊㄚ們ㄇㄣ窸ㄒㄧ窸ㄒㄧ窣ㄙㄨ窣ㄙㄨ的ㄉㄜ東ㄉㄨㄥ聞ㄨㄣ西ㄒㄧ嗅ㄒㄧㄡ，呼ㄏㄨ嚕ㄌㄨ呼ㄏㄨ嚕ㄌㄨ的ㄉㄜ打ㄉㄚ盹ㄉㄨㄣ。

「哇ㄨㄚ啊ㄚ啊ㄚ啊ㄚ啊ㄚ！」山ㄕㄢ羊ㄧㄤ復ㄈㄨ仇ㄔㄡ者ㄓㄜ興ㄒㄧㄥ奮ㄈㄣ得ㄉㄜ尖ㄐㄧㄢ叫ㄐㄧㄠ。

一條身穿海藻背心，頭戴貝殼帽的人魚站在一旁，或說漂在一旁，看守海山羊。

　　「這位是葛夫。」花兒公主說：「牧海咩咩童葛夫。」

　　「我超愛山羊！」山羊復仇者大叫。

　　「我常常在想，陸上的山羊，也跟海山羊一樣喜歡聽床邊故事嗎？」葛夫說。

　　「當然！」山羊復仇者說：「海山羊喜歡喝熱可可嗎？」

　　「喜歡。」葛夫說：「不過我們這裡叫它濕可可！」

花兒公主游到又深又黑的大裂縫邊緣，緊張到尾鰭發涼。

「就是這裡。」她說：「這條裂縫通往海怪國。」

毯子公主往下看，黑漆漆的一片。

「嗯。」她說：「裡面有什麼東西，我清楚得很。」

第 五 章
海怪國

海怪國裡有好多東西，像是貝殼、珍珠和岩石。當然還有海怪，好多好多的海怪。大藍海怪的物慾超強，而且牠還要擁有比別人更多東西才行。

今天的大藍海怪依然很貪心，牠決定來一趟搶奪之旅。搶奪之旅是指大藍海怪出門四處造訪，沿路看到喜歡的東西就拿走。

兩隻烏賊怪正在用墨汁畫畫。

「我ㄨㄛˇ的ㄉㄜ。」大ㄉㄚˋ藍ㄌㄢˊ海ㄏㄞˇ怪ㄍㄨㄞˋ一ㄧ面ㄇㄧㄢˋ咕ㄍㄨ嚕ㄌㄨ咕ㄍㄨ嚕ㄌㄨˋ的ㄉㄜ說ㄕㄨㄛ，一ㄧ面ㄇㄧㄢˋ搶ㄑㄧㄤˇ走ㄗㄡˇ烏ㄨ賊ㄗㄟˊ怪ㄍㄨㄞˋ的ㄉㄜ墨ㄇㄛˋ汁ㄓ。

兩ㄌㄧㄤˇ隻ㄓ牡ㄇㄨˇ蠣ㄌㄧˋ怪ㄍㄨㄞˋ把ㄅㄚˇ珍ㄓㄣ珠ㄓㄨ當ㄉㄤ成ㄔㄥˊ球ㄑㄧㄡˊ，玩ㄨㄢˊ著ㄓㄜ你ㄋㄧˇ拋ㄆㄠ我ㄨㄛˇ接ㄐㄧㄝ。

「我ㄨㄛˇ的ㄉㄜ。」大ㄉㄚˋ藍ㄌㄢˊ海ㄏㄞˇ怪ㄍㄨㄞˋ一ㄧ面ㄇㄧㄢˋ咆ㄆㄠˊ哮ㄒㄧㄠˋ，一ㄧ面ㄇㄧㄢˋ把ㄅㄚˇ珍ㄓㄣ珠ㄓㄨ搶ㄑㄧㄤˇ走ㄗㄡˇ。

接著，牠看到一隻海星怪。

「我的！」大藍海怪放聲尖叫。

海星怪一頭霧水，牠根本沒東西可搶啊。

50

於是大藍海怪一把撈起海星怪。

大藍海怪現在有了好多東西，可是牠還是不滿足。

海怪國上方開了一個洞，一股氣味從洞的另一頭鑽進來。那是海山羊的氣味。肥嘟嘟、長著鱗片、美味可口的海山羊。

「我的……」大藍海怪咕噥著。

第 六 章
大戰海怪

　　轟隆隆、咕咚咚、劈里啪啦，大藍海怪從裂縫裡鑽出來了。

　　「吃海山羊。」大藍海怪咕嚕咕嚕的說。

　　「看吧。」毯子公主說：「跟我想的一樣。」

「花兒公主，別擔心，交給我們吧！」黑衣公主一躍而起。她跳得太用力了，整個人漂到大藍海怪的正上方。

　　山羊復仇者擺好架式，準
備大戰海怪。「怪獸，滾開！」
他放聲大喊。他喊得太大聲，
聲音在潛水頭盔裡迴盪，害
他的耳朵都痛了起來。

「不准吃海山羊！」毯子公主說。她用力一踢。她踢得太用力了，整個人往後翻，變得頭上腳下。

三位英雄曾在山羊草原大戰怪獸，公園裡也有過，連在科學展會場都跟怪獸交手過。

可是看樣子，他們的功夫在海底似乎使不上力。

第 七 章
人魚公主站出來

　　花兒公主的新朋友在大戰海怪！

　　真的是在作戰嗎？很難分辨出來。黑衣公主漂過海怪身邊。山羊復仇者被海藻纏住了。毯子公主頭上腳下倒立著。

「哈囉。」毯子公主一面漂浮一面說。

「嗨。」花兒公主說：「你們在跟大藍海怪作戰嗎？」

「呃，我們正在努力中。」

大ㄉㄚˋ藍ㄌㄢˊ海ㄏㄞˇ怪ㄍㄨㄞˋ戳ㄔㄨㄛ戳ㄔㄨㄛ黑ㄏㄟ衣一公ㄍㄨㄥ主ㄓㄨˇ，黑ㄏㄟ衣一公ㄍㄨㄥ主ㄓㄨˇ就ㄐㄧㄡˋ漂ㄆㄧㄠ走ㄗㄡˇ了ㄌㄜ。

山ㄕㄢ羊ㄧㄤˊ復ㄈㄨˋ仇ㄔㄡˊ者ㄓㄜˇ掙ㄓㄥ脫ㄊㄨㄛ了ㄌㄜ海ㄏㄞˇ藻ㄗㄠˇ，拼ㄆㄧㄣ命ㄇㄧㄥˋ奔ㄅㄣ向ㄒㄧㄤˋ海ㄏㄞˇ怪ㄍㄨㄞˋ！可ㄎㄜˇ是ㄕˋ就ㄐㄧㄡˋ算ㄙㄨㄢˋ拼ㄆㄧㄣ了ㄌㄜ命ㄇㄧㄥˋ，速ㄙㄨˋ度ㄉㄨˋ還ㄏㄞˊ是ㄕˋ快ㄎㄨㄞˋ不ㄅㄨˋ起ㄑㄧˇ來ㄌㄞˊ。在ㄗㄞˋ水ㄕㄨㄟˇ裡ㄌㄧˇ很ㄏㄣˇ難ㄋㄢˊ跑ㄆㄠˇ得ㄉㄜ快ㄎㄨㄞˋ，連ㄌㄧㄢˊ傲ㄠˋ嬌ㄐㄧㄠ海ㄏㄞˇ蝸ㄍㄨㄚ牛ㄋㄧㄡˊ都ㄉㄡ爬ㄆㄚˊ得ㄉㄜ比ㄅㄧˇ他ㄊㄚ快ㄎㄨㄞˋ。

毯子公主踢著雙腳，想要轉回原位。花兒公主出手幫忙。

　　「你在水裡移動的速度好快！」毯子公主說：「我還注意到，魚兒全都聽你的話。要是你把話大聲說出來，海怪說不定也會聽！」

花兒公主拿出守則看了看。
「有話大聲說出來，算是一件好事嗎？」

「算，我覺得勇敢的大聲說出來非常好。」毯子公主說。

「而且我想海山羊和海綿也有同感。」

大藍海怪拿海藻把黑衣公主和山羊復仇者捆好，還打了一個蝴蝶結。現在牠發亮的雙眼直直盯著海山羊。海山羊嚇得全身發抖。

　　「等等！」花兒公主說：「怪獸，別亂來！」

　　「不要！」大藍海怪說：「我的！」

66

毯子公主愈漂愈遠，大聲叮嚀：「別忘了，保護朋友不讓他們被吃掉，是好事！」

花兒公主不緊張、不擔心了。有朋友站在自己這邊，真的有幫助。

她游向大藍海怪。「不准吃海山羊！」

「吃海山羊！」大藍海怪又說了一次。

於是，人魚公主和大藍海怪展開大戰。

海藻神鞭！

小舞頭錘！

大藍海怪連滾帶爬逃回海怪國。

　　「牠滾回家了！」花兒公主說。

　　「牠們一向都是這樣。」毯子公主說。

　　「到結尾的時候了。」山羊復仇者補充。

第 八 章
整頓人魚王國

　　黑衣公主拍拍潛水頭盔說：「我想我有一點缺氧了。」

　　「我也是。」山羊復仇者說。

　　「多謝你們幫忙。」花兒公主說：「接下來，我一個人就可以了。」

「噢ㄡ，可ㄎ是ㄕ我ㄨㄛ好ㄏ喜ㄒ歡ㄏ這ㄓ
裡ㄌ！」黑ㄏ衣一公ㄍ主ㄓ說ㄕ。

「一一定ㄉ要ㄠ再ㄗ來ㄌ玩ㄨㄢ唷ㄛ。」花ㄏ兒ㄦ
公ㄍ主ㄓ說ㄕ。

三位英雄隨著氣泡游向海面。他們揮手道別，朝下大喊：「好！」

　　花兒公主游回城堡。海山羊安全了。魚兒朋友跟在她後面，像是一道閃閃銀光。花兒公主覺得棒透了，她的內心充滿了力量。

她ㄊㄚ有ㄧㄡˇ當ㄉㄤ公ㄍㄨㄥ主ㄓㄨˇ的ㄉㄜ˙感ㄍㄢˇ覺ㄐㄩㄝˊ。

花枝公爵夫人在城堡等她。「順便說一聲，我要把你的遊戲間翻修成養蝦場。」花枝公爵夫人說。

　　「我要拿這些海綿來洗碗盤！」旁邊的人魚大吼。

　　「我們真心希望你不要這樣做。」海綿說。

於是ㄕˋ，花ㄏㄨㄚ兒ㄦˊ公ㄍㄨㄥ主ㄓㄨˇ大ㄉㄚˋ顯ㄒㄧㄢˇ身ㄕㄣ手ㄕㄡˇ，整ㄓㄥˇ頓ㄉㄨㄣˋ人ㄖㄣˊ魚ㄩˊ王ㄨㄤˊ國ㄍㄨㄛˊ。

王國守則
1. 海綿是大家的朋友，
   不是清潔用品。
2. 改用水清洗打掃。
   （我們不缺水！）
3. 今天就交一位
   海綿朋友！

訂ㄉㄧㄥˋ立ㄌㄧˋ
新ㄒㄧㄣ規ㄍㄨㄟ則ㄗㄜˊ！

把話說清楚！

海咩咩
保護計畫

左ㄗㄨㄛˇ思ㄙ 右ㄧㄡˋ想ㄒㄧㄤˇ
擬ㄋㄧˇ定ㄉㄧㄥˋ計ㄐㄧˋ畫ㄏㄨㄚˋ！

最ㄗㄨㄟˋ後ㄏㄡˋ，人ㄖㄣˊ魚ㄩˊ王ㄨㄤˊ國ㄍㄨㄛˊ治ㄓˋ理ㄌㄧˇ得ㄉㄜ˙井ㄐㄧㄥˇ然ㄖㄢˊ
有ㄧㄡˇ序ㄒㄩˋ。到ㄉㄠˋ了ㄌㄜ˙結ㄐㄧㄝˊ尾ㄨㄟˇ一ㄧˊ向ㄒㄧㄤˋ都ㄉㄡ是ㄕˋ這ㄓㄜˋ樣ㄧㄤˋ。

第 九 章
完美結局

　　黑衣公主先浮出海面，接著是毯子公主，最後是山羊復仇者。他們脫下潛水頭盔，深吸一大口氣。人魚！海山羊！獨角鯨！傲嬌海蝸牛！真的是有史以來最精采刺激的出遊日。

「我們大開眼界，只差沒看到巨型海怪。」毯子公主說。

「大藍海怪算是一種巨型海怪。」山羊復仇者說。

「嗯，大藍海怪還不錯。」毯子公主說：「可是我還以為一定會碰上那隻超大的海怪。我是說巨無霸海怪，脖子和尾巴都超長的那隻。」

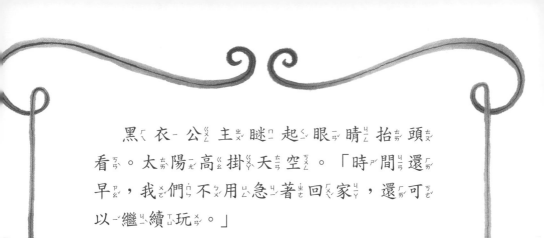

　　黑衣公主瞇起眼睛抬頭看。太陽高掛天空。「時間還早，我們不用急著回家，還可以繼續玩。」

83

海水隆隆作響，氣泡在他們四周咕嘟咕嘟的冒出來。

「不是我喔。」山羊復仇者說。

一隻大海怪的頭探出海面。

「一起玩？」巨無霸海怪問。

黑衣公主點點頭說：「一起玩。」

「耶！」巨無霸海怪說。

三位英雄好友爬到巨無霸海怪頭上，順著牠的脖子往下滑。他們從牠的背上跳進鹹鹹的海水裡，濺出好大的水花。巨無霸海怪笑嘻嘻的看著大家。

巨無霸海怪又高又壯，身
形好龐大，再多朋友到牠身
上玩也不怕擠不下。

　　人魚公主來了，一隻叫小
舞的獨角鯨來了，一群開心
的海綿來了，外加一隻超級
傲嬌的海蝸牛。

關鍵詞
Keywords

單元設計｜**李貞慧**
（國立臺灣大學外國語文學系研究所碩士，現任國中英語教師）

---

❶ long 期待、渴望 〔動詞〕

But what the Princess in Black longed to see was a mermaid.

然而黑衣公主期待看
到的是一隻美人魚。

＊long 後面也可以加上
for，然後加名詞，也是
「期待、渴望」的意思。
主詞+long+for+名詞
例：I have longed for a
fluffy dog for many years.
我渴望一隻毛茸茸小狗有好多年了。

❷ ooh 發出驚呼聲 動詞

The Princess in Black oohed at the jewel-blue world beneath the waves.

黑衣公主對波浪下藍寶石般的海底世界發出驚呼。

❸ crack 炸裂、爆裂 動詞

A trench leading to Kraken Land cracked open in the capricorn pasture.

在海咩咩草原上一條通往海怪國的海溝裂開了。

＊crack 當名詞有「裂縫」之意。
＊capricorn 在星座裡指的是「魔羯座」。

❹ what if 如果……會怎樣？

What if a kraken comes out of the trench?

如果海怪從海溝裡跑出來會怎樣？

＊what if 除了有「假設語氣」的用法之外，也帶有「提出建議」的意涵，例：
What if we go for a morning walk?
我們去晨間散步如何？

❺ be supposed to 應該

I am a princess, and princesses are supposed to be nice.

我是個公主，公主應該待人親切。

You are supposed to pick up the children on time.
你應該準時去接小孩。

❻ speak up 大聲說出來

If you speak up, maybe the kraken will listen too!

如果你大聲說出來，也許海怪也會聽話！

＊It's time to speak up for those who are suffering poverty.
現在是為那些遭受貧困的人發聲的時候了。

❼ wage 進行、從事 動詞

Princess Posy waged kingdom management.

花兒公主進行王國的管理。

＊wage當名詞是「工資、薪水」的意思

❽ **would rather** 寧願

We'd really rather you not.

我們真的寧願你別這樣做。/ 我們真的希望你別這樣做。

※We would rather try it again 我們寧願再試一次。

❾ **colossal** 巨大的，龐大的 　形容詞

It was colossal. There was plenty of room when more friends came to play.

牠的身形好龐大。當有更多的朋友來玩時，空間是很足夠的。

※How colossal the whale is! 多麼巨大的一隻鯨魚啊！

閱讀想一想
Think Again

❶ 如果你看到不對的或不公平的事情，你會怎麼做？

❷ 大藍海怪看到喜歡的東西都要占為己有，你覺得這是對的嗎？如果不對，你覺得該怎麼做才適當？

❸ 在一個團體裡，你覺得應該怎麼做，大家才能和平共處、沒有人會受到欺負？

❹ 我們都知道要愛護動物，但具體該如何做，才是愛護動物的表現呢？

國家圖書館出版品預行編目(CIP)資料

公主出任務. 9, 美人魚公主 / 珊寧.海爾(Shannon Hale), 迪恩.海爾(Dean Hale)文；范雷韻(LeUyen Pham)圖；黃聿君譯.
-- 初版. -- 新北市：字畝文化創意有限公司出版：遠足文化事業股份有限公司發行, 2022.08
面；　公分
譯自：The princess in black and the mermaid princess
ISBN 978-626-7069-86-8(平裝)
874.596   11010041

公主出任務9：美人魚公主
The Princess in Black and the Mermaid Princess

作者｜珊寧‧海爾 & 迪恩‧海爾 Shannon Hale, Dean Hale
繪者｜范雷韻 LeUyen Pham　　譯者｜黃聿君

字畝文化創意有限公司
社長兼總編輯｜馮季眉　責任編輯｜陳心方
美術設計｜盧美瑾

出　　版｜字畝文化／遠足文化事業股份有限公司
發　　行｜遠足文化事業股份有限公司（讀書共和國出版集團）
地　　址｜231新北市新店區民權路108-2號9樓
電　　話｜(02)2218-1417　傳　真｜(02)8667-1065
客服信箱｜service@bookrep.com.tw　網路書店｜www.bookrep.com.tw
團體訂購請洽業務部 (02) 2218-1417 分機1124

法律顧問｜華洋法律事務所　蘇文生律師
印　　製｜中原造像股份有限公司

2022 年08月　初版一刷　2024 年03月　初版六刷　定價｜300元
ISBN｜978-626-7069-86-8（平裝）　書號｜XBSY0050